BIBLIOTHÈQUE
DU THÉATRE MODERNE

AVANT SOU

COMÉDIE EN UN ACTE, EN PROSE

DE

MM. Armand DUPLESSIS et Victor LAGOGUÉE

Représentée pour la première fois à Paris, chez MM. Pleyel, Wolff et Ce,
à la suite du concert donné par Mlle Marie Ducrest,
le 25 janvier 1862.

Prix : 1 Franc

PARIS
E. DENTU, ÉDITEUR
LIBRAIRE DE LA SOCIÉTÉ DES GENS DE LETTRES
Palais-Royal, 13-17, galerie d'Orléans
Et à la LIBRAIRIE CENTRALE, 24, boulevart des Italiens

1864

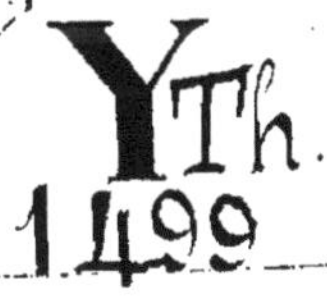

AVANT SOUPER

COMÉDIE EN UN ACTE, EN PROSE

DE

MM. Armand DUPLESSIS et Victor LAGOGUÉE

Représentée pour la première fois à Paris, chez MM. Pleyel, Wolff et Cᵉ,
à la suite du Concert donné par Mˡˡᵉ Marie Ducrest,
le 25 janvier 1862.

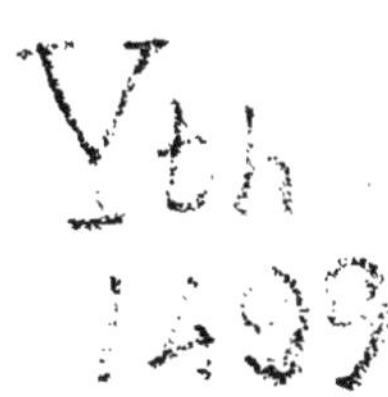

PARIS

E. DENTU, ÉDITEUR

LIBRAIRE DE LA SOCIÉTÉ DES GENS DE LETTRES

Palais-Royal, 13-17, galerie d'Orléans

Et à la LIBRAIRIE CENTRALE, 24, boulevart des Italiens

1864

A Mlle ANTONINE

HOMMAGE ET REMERCIEMENTS DES AUTEURS

PERSONNAGES

EMMÉLINE	Mlle ANTONINE, du théâtre du Gymnase.
Lord OSWALD MOUNTAGNE	Mrs VICTOR LAGOGUÉE.
PIERRE	EDMOND BRUN.
LUCY	Mlle GEORGES.

L'action se passe en Angleterre.

AVANT SOUPER

Le théâtre représente un salon élégant. — Porte au fond et deux portes latérales. — Chaises, fauteuils. — A l'angle de gauche, une fenêtre, une table avec encrier, plumes, etc.

SCÈNE PREMIÈRE.

PIERRE, entrant par le fond, une bouteille de champagne sous le bras.

C'est bon!... on y va!... Si ça n'est pas une fatalité, être dérangé juste au moment où j'allais gagner un quaterne! Ah! il n'y a pas à dire, j'allais le gagner... il ne me fallait plus qu'un numéro : 7, *la pipe à Thomas*, et je suis sûr qu'il allait sortir... Mais aussi, qui est-ce qui se serait jamais douté que mon maître, lord Oswald Mountagne, pair d'Angleterre et marquis de... je ne sais plus quoi, qui s'est marié aujourd'hui à la ville, allait rentrer au château si vite... Il n'est pas encore huit heures! Les maîtres sont étonnants, ma parole!... ils ne peuvent pas s'habituer à prévenir leurs domestiques... C'est vrai, j'étais là, bien tranquille, à l'office, avec Jacobson... le jardinier... nous avions soupé ensemble... nous faisions une partie de loto... j'adore ce jeu-là... en vidant, à la santé de mylord, quelques fioles de vin de Champagne... une politesse du sommelier, vu la circonstance du mariage. Quel malheur qu'on m'ait dérangé!... Allons, faut pourtant aller préparer l'appartement. (Il indique la droite.)

SCÈNE II.

LUCY, chargée de paquets, PIERRE.

LUCY.

Ah ! quelqu'un !... Dites-moi, jeune homme, où puis-je déposer tout ce bagage ?

PIERRE, à part.

Jeune homme !... elle est familière, la suivante.... car, avec ce costume et ces... ornements (il indique les paquets), ça ne peut être que la suivante.

LUCY.

Est-ce que vous n'avez pas entendu, jeune homme ?

PIERRE, à part.

Elle y tient ! (Haut.) Si fait, parfaitement.

LUCY.

Eh bien ! répondez donc ?

PIERRE, à part.

Elle a l'air bien gentil, cette femme-là ! (Haut.) Dame ! voilà la chambre de mylord. (Il indique la gauche.) Mais voici celle qu'on m'a ordonné de préparer pour milady. (Il indique la droite.)

LUCY, qui allait entrer à gauche.

Fallait donc le dire tout de suite ! (Passant à droite.) Vous n'avez pas l'air fort, mon cher. (Elle entre.)

PIERRE

Elle ne me trouve pas fort ?... Excusez !... moi qui, avant-hier, ai cassé d'un coup de poing trois dents au garçon d'écurie !

SCÈNE III.

PIERRE, LORD OSWALD, suivi d'un valet qui porte une malle

OSWALD.

Pierre, rangez cette malle.

PIERRE.

De suite, mylord. (Il prend la malle et va pour entrer à droite.)

OSWALD.

Où allez-vous donc?

PIERRE.

Porter la malle de mylord dans la chambre de milad... (Sur un signe d'Oswald qui lui indique la gauche.) Tiens ! tiens ! tiens !.....

OSWALD, à Lucy qui rentre par la droite.

Votre maîtresse est montée?

LUCY.

Pas encore, mylord... milady a voulu surveiller elle-même quelques objets fragiles qu'on retire de la voiture. (Elle sort par le fond.)

OSWALD.

C'est bien. (A Pierre qui sort de la chambre à gauche.) Pourquoi n'y a-t-il pas de feu dans cette chambre ?

PIERRE.

Mais nous en avons fait un bon, mylord, dans celle que nous avons préparée pour milady.

OSWALD.

Qu'on en fasse également ici, et que tout y soit disposé comme à l'ordinaire.

PIERRE.

De suite, mylord. C'est que je pensais qu'un jour comme aujourd'hui...

OSWALD.

Vous m'avez entendu?... Que tout soit prêt dans cinq minutes! (Pierre s'incline; lord Oswald sort.)

SCÈNE IV.

PIERRE, puis LUCY.

PIERRE.

Tiens! tiens! tiens!... voilà qui est drôle!... Ça me rappelle la noce de M. Grandin, un quart d'agent de change chez qui je servais l'année dernière, à Paris, chaussée d'Antin street, n° 33... 33, *les deux bossus*, comme on dit au loto... j'adore ce jeu-là!... Figurez-vous...

LUCY, entrant.

Ah! vous êtes encore là!... indiquez-moi donc, jeune homme...

PIERRE, à part.

Nous allons recommencer? (Haut.) Ma chère dame...

LUCY.

Miss Lucy, si ça vous est égal.

PIERRE.

Miss Lucy, si ça m'est égal... soit!

LUCY.

Indiquez-moi donc...

PIERRE.

Tout ce que vous voudrez... mais auparavant permettez-moi de vous faire une minime observation.

LUCY.

Qu'est-ce que c'est ?

PIERRE.

J'ai vingt-quatre ans bientôt... j'ai été neuf mois soldat... dans mon pays, en France... On m'a réformé parce que je mangeais trop... Enfin, l'année dernière, j'ai failli faire une conquête... (il rit) en amour !... parce que les autres, ça ne me va guères !

LUCY.

Eh bien ! après ?

PIERRE.

Eh bien ! nonobstant, vous m'appelez, depuis un quart d'heure : jeune homme... c'est humiliant et incohérent... vous comprenez ?

LUCY.

Pas trop, mais indiquez-moi...

PIERRE.

De suite, de suite. (A part.) Mon Dieu! ces Anglaises, avec leur petit air de sainte N'y-Touche, elles sont aussi curieuses que les femmes de chambre de Paris.

LUCY.

Est-ce que vous n'aurez pas bientôt fini de marcher en parlant tout seul ?

PIERRE, à part.

Quelle suavité dans le langage ! (Haut.) Lucy, je vous indiquerai tout ce qui vous fera plaisir... je désire seulement m'enquérir près de vous...

LUCY.

De quoi, s'il vous plaît ?

PIERRE.

De la façon dont s'est passé le mariage de mylord ?

LUCY.

Il s'est passé comme tous les autres apparemment.

PIERRE.

Jusqu'à présent, c'est possible... mais, le temps a l'air de vouloir se mettre au variable... Et, dites-moi, votre maîtresse...

LUCY.

Est la plus charmante personne et la meilleure maîtresse qu'on puisse voir.

PIERRE, à part.

Ah!... Eh bien! c'est toujours ça... Elle est généreuse, n'est-ce pas?

LUCY.

Autant qu'on peut l'être quand on y est naturellement porté et qu'on a des revenus considérables.

PIERRE.

Sa figure?

LUCY.

Je viens de vous le dire : charmante!

PIERRE.

Ses manières?

LUCY.

Empreintes d'une grâce indéfinissable.

PIERRE, à part.

C'est pas comme la suivante... elle est roide et guindée, mais, en revanche, elle est peu gracieuse. (Haut.) Puisqu'il en est comme vous me le dites, miss Lucy, comment se fait-il?... (Il indique les deux chambres.)

LUCY.

Quoi?

PIERRE.

Parbleu! que monsieur fasse préparer l'appartement de milady d'un côté, et de l'autre le sien.

LUCY.

Cela se fait toujours ainsi en Angleterre.

PIERRE.

Ah! cela se fait?... Après tout, ça m'est égal, à moi... le principal, c'est qu'elle soit généreuse, comme vous me le disiez tout à l'heure, parceque... en arrivant... la bienvenue aux domestiques.. vous comprenez?... Eh! eh! j'aurai peut-être la chance d'arriver au billet de mille... comme au mariage de ce gros richard de Chatouillot... un faïencier chez qui je me trouvais, il y a deux ans, à Bordeaux... en France... département de la Gironde. (A Lucy qui le regarde d'un air surpris.) Ça vous étonne, ce que je dis-là... Moi, voyez-vous, miss Lucy, j'ai toujours eu un goût particulier pour les noces... C'est une si belle invention! Aussi, je ne me place que dans les maisons où il se prépare un mariage... il m'en revient toujours quelque chose... Et, une fois le mariage conclu, les réjouisances terminées, et la gratification reçue, je tire ma révérence aux maîtres et je vais chercher fortune ailleurs.

LUCY.

Étourdi, ingrat et inconstant! Vous ne pouvez pas renier votre pays.

PIERRE.

Bien obligé, miss Lucy... mais, on monte l'escalier, je crois... Je cours exécuter les ordres de mylord.

LUCY.

Mais au moins, indiquez-moi...

PIERRE.

C'est convenu. (Il entre à gauche.)

SCÈNE V.

LUCY, EMMELINE.

EMMELINE.

Ah ! vous voilà, miss Lucy... A-t-on pris soin des objets que vous venez de monter ?

LUCY.

Je les ai, moi-même, déposés dans votre chambre et sans aucun accident, milady.

EMMÉLINE.

C'est bien... Avez-vous vu lord Mountagne depuis votre arrivée ?

LUCY.

Mylord est entré ici il y a quelques instants... Il a donné des ordres pour qu'on disposât son appartement... Milady veut-elle entrer dans le sien?... il est décoré avec un luxe, une elégance !...

EMMÉLINE.

Tout à l'heure.

LUCY.

Oh ! mylord n'a rien épargné !

EMMÉLINE.

Je voudrais être seule, ma bonne Lucy.

LUCY.

Je me retire. Milady n'a plus besoin de mes services ?

EMMELINE.

Non, merci !... (Lui donnant son châle et son chapeau.) Tenez... allez, je vous suivrai dans un instant.

LUCY, entrant à droite.

Je sors, milady. (A part.) C'est singulier !

SCÈNE VI.

EMMÉLINE seule, allant s'asseoir.

Enfin !... mon Dieu, que la contrainte fait de mal!... que la route m'a paru longue !... (Tirant une lettre de son sein.) Je sentais cette lettre qui me brûlait la poitrine!... cette lettre que mistress Davis m'a envoyée ce matin, au moment où je quittais ma chambre de jeune fille... (Brisant le cachet.) Voyons.... (Elle se lève et lit.) « S'il en est temps encore, ma chère Emme-
« line, différez votre mariage avec lord Mountagne... il est in-
« digne de vous !... Il ne vous aime pas !... il en aime une
« autre ! (Se laissant tomber sur un fauteuil.) Je le disais bien que
« cette lettre devait m'annoncer un malheur !... (Reprenant sa lecture.)
« Et son orgueil de gentilhomme n'aurait jamais consenti à
« faire partager l'éclat de son blason et son immense fortune
« à la fille du riche marchand Wilson, qui n'en a, d'ailleurs,
« aucun besoin, s'il ne se fût pas agi d'exécuter les dernières
« volontés de son père, le baron Richard Mountagne, dont le
« vôtre a sauvé jadis la fortune et l'honneur. C'est une dette
« de reconnaissance posthume que lord Oswald acquitte au-
« jourd'hui, *dette de reconnaissance seulement*, car il a donné
« son cœur, depuis plusieurs années, à la brillante émule de
« Corinne, à l'étoile de Drury-Lane ; à la belle Ersilie !...
(S'interrompant.) Ersilie !... Oh ! je suis perdue !... Lord Oswald ne m'aimera jamais !... Et puis, ces comédiennes sont si séduisantes !... comment une pauvre fille inexpérimentée comme moi, pourrait-elle lutter ?... D'ailleurs, je ne m'en sens pas le courage, et puisque Lord Oswald!... (Avec amour.) Lord Oswald !.. lui que j'aimais tant, mon Dieu !... ne m'a prise pour femme que par contrainte !... Oh ! plutôt que d'essuyer une telle humiliation, je vais partir à l'instant même et retourner chez mon père et ma mère... ces bons parents qui me croient heu-

reuse !.. (Avec réflexion.) Mais, que leur dire?... Comment expliquer ce retour subit?... cette résolution plus subite encore?... Et pourtant je ne puis rester... Que faire?... (Apercevant Oswald.) C'est lui !...

SCÈNE VII.

OSWALD, EMMÉLINE qui en voyant entrer Oswald, a serré la lettre qu'elle tenait à la main.

OSWALD.

Veuillez me pardonner, milady, de vous avoir laissée seule... Je croyais miss Lucy auprès de vous... quelques ordres à donner m'ont retenu... Vous m'excusez, n'est-ce pas?

EMMÉLINE.

Vous n'en avez pas besoin, mylord.

OSWALD.

Vous étiez, si je ne me trompe, occupée à lire une lettre lorsque je suis entré... Que je ne vous gêne en rien... continuez, je vous prie.

EMMÉLINE.

Vous êtes trop bon, mylord... une lettre déjà lue... de ma cousine, mistress Davis.

OSWALD.

Mistress Davis?

EMMÉLINE.

Vous la connaissez?

OSWALD.

Je l'ai rencontrée parfois dans nos salons.

EMMÉLINE.

Elle est, en effet, fort répandue dans le monde...

OSWALD.

Où elle brille d'un éclat qui pâlira bientôt devant le vôtre, milady.

EMMÉLINE.

Oh ! de grâce, mylord, épargnez-moi ces fadeurs... vous oubliez sans doute...

OSWALD.

Quoi donc ?

EMMÉLINE.

Que c'est à votre femme qu'elles s'adressent.

OSWALD.

Oh ! milady...

EMMÉLINE.

Mais, revenons à ma cousine...

OSWALD.

Mistress Davis ?

EMMÉLINE.

Précisément. Elle habite un château qui est, je crois, voisin du vôtre...

OSWALD.

A un mille de distance environ.

EMMÉLINE.

Et elle m'engage à la visiter souvent.

OSWALD.

Rien de plus facile. Le trajet est une promenade... surtout pour votre cousine, qui est bien sans contredit le meilleur et le plus hardi cavalier des trois royaumes.

EMMÉLINE.

Après lord Oswald Mountagne, cependant, dont j'ai entendu mainte fois vanter la hardiesse et la grâce à cheval.

OSWALD.

Oh ! par pitié, milady, épargnez-moi ces compliments... Vous oubliez sans doute...

EMMÉLINE.

Quoi donc ?

OSWALD.

Que vous parlez à votre mari.

EMMÉLINE.

Oh ! mylord...

OSWALD.

Attendez-vous donc à voir souvent votre cousine prendre *Mountagne house* pour but de ses cavalcades.

EMMÉLINE.

Cela vous contrariera ?

OSWALD.

Nullement. Elle est votre parente, et je la verrai toujours avec plaisir.

EMMÉLINE.

C'est trop de bonté !

OSWALD.

Je conviens cependant que j'aime assez peu, dans une jeune femme, cette manie de chevaucher, en habits d'homme, par monts et par vaux, cette audace à franchir fossés et barrières. Et tenez, dussiez-vous m'accuser encore de fadeur, j'avouerai que je préfère cent fois cette timidité charmante qui vous empêche d'essayer le plus doux et le plus docile de mes chevaux.

EMMÉLINE.

Décidément, mylord, vous êtes en veine de galanterie ce soir... Mais, vous êtes bien sévère pour cette pauvre Effie...

Elle est veuve, libre, un peu plus agée que moi, et malgré les goûts un peu... cavaliers que vous lui trouvez, c'est une amie pour moi... une amie véritable, courageuse et dévouée... un peu folle dans la prospérité, peut-être, mais que l'on retrouverait, j'en suis sûre, aux jours du malheur et de l'abandon. (Mouvement d'Oswald.) Oh ! c'est une supposition, mylord... Je sais que je n'ai absolument rien de pareil à craindre en ce moment.

OSWALD.

Sans doute... sans doute... (A part.) Quel regard ! (Haut.) Eh bien ! milady, nous la verrons souvent... Je suis loin de contester ses bonnes qualités, et comme je suis obligé à de fréquentes absences...

EMMÉLINE.

Ah !..

OSWALD.

La chambre des lords !... un projet important !... Mistress Davis vous tiendra compagnie.

EMMÉLINE.

Ah ! vous vous absenterez souvent ?

OSWALD.

Pour revenir au plus vite !... Mais, pardon, milady... j'ai fait préparer une collation qu'on nous servira tout-à-l'heure... Ce petit salon vous convient-il ?

EMMÉLINE.

Parfaitement, mylord. (A part.) Il élude mes questions. (Haut.) Je vous demanderai seulement la permission d'entrer une minute dans mon appartement... un peu de désordre dans ma toilette...

OSWALD.

A votre aise, milady !... mais ne me faites pas attendre longtemps votre retour (Il baise cérémonieusement la main d'Emmeline et remonte au fond.)

EMMELINE, à part.

Il me fait des compliments... mais il me regarde à peine, et parle déjà de ses absences... Allons, cette lettre ne m'avait pas trompée. (Elle entre à droite.)

SCÈNE VIII.

OSWALD, seul, regardant Emméline rentrer dans sa chambre.

Comme elle est triste, préoccupée!... Soupçonnerait-elle que... Allons donc! c'est impossible! l'embarras ordinaire... embarras bien naturel, du reste. Je touche donc à la fin de cette pénible journée!... Eh bien! d'honneur, j'en suis ravi! car, bien que diplomate, la dissimulation n'est pas dans ma nature. (Il s'assied et réfléchit.) Ersilie!... un jour tout entier passé sans la voir!... je ne sais comment cela m'a été possible; mais, demain, de grand matin,.. D'où vient donc l'influence que cette femme exerce sur ma destinée?... Bien des fois, déjà, j'ai voulu chasser cet amour de mon cœur. (Il se lève.) Soins superflus!... projets inutiles!... un regard, un mot, un serrement de main, et je me sentais rivé davantage encore à une chaîne que je ne puis m'empêcher de bénir!... C'est qu'en vérité je ne connais pas de femme plus belle que cette fée enchanteresse!... Ah! si fait, j'en connais une.. la mienne... Emméline, pauvre jeune fille que le hasard a jetée dans mes bras, et à qui je ne puis donner mon amour!... Elle est ravissante, c'est vrai... plus jeune qu'Ersilie, c'est encore vrai... Est-on maître de son cœur! (Il s'assied à une table et se met à écrire.) Pierre!... Pierre!...

SCÈNE IX.

OSWALD, PIERRE.

PIERRE

Mylord m'a appelé?

OSWALD

Oui... le souper?...

PIERRE.

Il est prêt, mylord.

OSWALD.

Faites servir.

PIERRE.

Dans la chambre de milady?

OSWALD.

Non... ici, dans ce salon.

PIERRE.

Deux couverts?

OSWALD.

Sans doute. (Il continue à écrire.)

PIERRE, à part.

Deux couverts... Il paraît que ça va mieux. Je me souviens, quand j'étais soldat, de la noce de mon capitaine... un gros gris pommelé, à Amiens... rue de la Grande-Chandelle, n° 11... 11, *les jambes à Mayeux,* comme on dit au...

OSWALD, fermant sa lettre.

Pierre! (Il se lève.)

PIERRE.

Mylord?

OSWALD, se levant.

Tu peux, avec un de mes chevaux, aller en une heure d'ici à Greenwich, n'est-ce pas?

PIERRE.

En une demi-heure, si mylord le désire.

OSWALD.

En tuant mon cheval.

PIERRE.

Oh! mylord exagère un peu... Il sera seulement hors de service.

OSWALD.

Mets une heure... j'aime mieux cela.

PIERRE.

Une commission pressée que mylord veut confier à mon zèle?

OSWALD.

Et à ta discrétion... une lettre à porter, cette nuit, à Greenwich, à la villa Formosa... Il suffit qu'elle y soit avant le jour.

PIERRE

Chez cette dame italienne où j'ai déjà accompagné mylord?

OSWALD.

C'est bon. (Il va se rasseoir pour mettre l'adresse à sa lettre.)

PIERRE, à part.

Voilà un agrément! courir les champs au milieu de la nuit! ça me rappelle qu'il y a trois mois, j'étais au service...

OSWALD.

Eh bien! et le souper?... à quoi pensez-vous donc?...

PIERRE.

J'y cours, mylord, j'y cours. (A part.) Si on peut un instant être tranquille!... (Il sort.)

SCÈNE X.

OSWALD, puis EMMÉLINE.

OSWALD, assis à gauche, 2e plan, écrivant.

Qu'elle sache du moins que je n'ai pas cessé de penser à elle... je suivrai de près ma lettre, d'ailleurs, et, demain matin... (Emméline paraît à la porte de sa chambre.) Ma femme! (Il se lève et met sa lettre dans sa poche.)

EMMÉLINE, à part.

Il écrivait!... à elle, sans doute... Allons, il n'y a plus à hésiter!

OSWALD, s'avançant.

Vous voilà, milady... cette toilette!... vous êtes encore plus jolie! (Il regarde à sa montre.)

EMMÉLINE, à part.

Il regarde l'heure.

OSWALD.

On va vous servir dans un instant. Eh bien! milady, votre appartement n'est-il pas trop indigne de vous?

EMMÉLINE.

Il est charmant, mylord, et je ne sais comment vous remercier.

OSWALD.

Quelle plaisanterie! cela n'en vaut pas la peine.

EMMÉLINE.

Ce dont surtout je vous sais gré, c'est d'y avoir placé le portrait de votre noble et excellent père.

OSWALD.

Oui... en effet.

EMMÉLINE.

En le voyant, en contemplant ces traits qui semblaient me sourire avec tant de bienveillance, j'ai cru retrouver un ami.

OSWALD.

Que je m'efforcerai de remplacer toujours.

EMMÉLINE.

Vous avez un grand respect pour la mémoire de votre père, n'est-ce pas, mylord?

OSWALD.

Assurément, car c'était le meilleur et le plus généreux des hommes... Et tenez, milady, puisque vous avez évoqué ce souvenir, ce que je n'eusse pas osé faire, et qu'il nous reste avant le souper quelques minutes encore, laissez-moi faire appel à votre cœur, à votre loyauté; laissez-moi...

EMMÉLINE, l'interrompant vivement.

Je suis à vos ordres, mylord... mon devoir est de tout entendre... Mais, auparavant, j'ai un aveu à vous faire. (Elle baisse les yeux.)

OSWALD, à part.

Un aveu?... au moment même où j'allais... Qu'est-ce que cela veut dire?

EMMELINE, à part.

Allons, du courage... et obéissons aux conseils que contient la fin de cette lettre.

OSWALD.

Je vous écoute, milady... mais, de grâce, prenez un siége. (Il lui offre un siége et s'assied ensuite à côté d'elle.)

EMMELINE.

Notre... mariage s'est fait bien promptement, mylord.

OSWALD.

Nos parents l'avaient jadis arrangé à l'avance, et...

EMMÉLINE.

Et votre pieux respect pour les dernières volontés d'un père s'est hâté d'obéir... je le sais, mylord; mon père, à moi, regardait cette union comme un suprême bonheur réservé à sa vieillesse, c'était pour lui le souvenir d'une illustre amitié, c'était le rêve d'or qu'il avait caressé quinze ans... une déception l'aurait tué... Je n'hésitai pas, j'obéis.

OSWALD.

Eh bien?

EMMÉLINE.

Eh bien! mylord, il était un beau rêve que, moi aussi, j'avais longtemps caressé... un autre avenir, moins brillant peut-être, mais plus doux à mon cœur, que j'avais entrevu... Et, cependant, je suis devenue votre femme.

OSWALD.

Que dites-vous?

EMMÉLINE.

Que j'ai été bien coupable, mais qu'un silence prolongé me rendrait plus coupable encore... Je vous dois la vérité, mylord, la vérité tout entière... Je suis indigne de vous!

OSWALD.

Comment?

EMMELINE.

J'en aime un autre!

OSWALD, se levant brusquement.

Madame!...

EMMÉLINE, se levant aussi.

Oh! accablez-moi mylord, je le mérite, car, je n'ai pas eu le courage de résister aux prières de mon père, et il faut bien le dire (Avec confusion), à l'éclat du nom et du rang que vous avez daigné m'offrir.

OSWALD, qui a repris son sang-froid.

A merveille!

EMMÉLINE.

J'ai oublié les serments de sir Arthur.

OSWALD.

Ah! il s'appelle...

EMMÉLINE.

Oui, mylord... un neveu de ma mère, un cousin avec qui j'ai été élevée.

OSWALD, à part.

Un cousin!... cela devait être.

EMMÉLINE.

Oh! mais, rassurez-vous, mylord; sir Arthur est bien loin... en mer... à plus de mille lieues d'ici... je ne le reverrai pas! (Avec dignité) La fille du marchand Wilson, en devenant la femme de lord Mountagne, a compris la gravité et la sainteté de ses devoirs; y manquer serait une infamie dont elle est incapable. L'honneur lui commandait d'être franche envers celui dont elle porte désormais le nom, et cette loyauté à laquelle lord Mountagne rendait hommage tout à l'heure sera toujours la meilleure sauvegarde de sa conduite, et le talisman le plus sûr contre les emportements de son cœur. (Elle fait une grande révérence à lord Oswald, qui est resté stupéfait, et rentre chez elle en disant :) Oh! mon Dieu! cela réussira-t-il?

SCÈNE XI.

OSWALD, seul.

A merveille! Eh bien! la situation est originale, et voilà une confidence à laquelle j'étais loin de m'attendre... Au moment juste où moi-même... Fiez-vous donc aux apparences!... Une jeune fille qui paraissait si candide, si innocente... C'est que j'étais là, embarrassé et presque tremblant... quand c'est elle, au contraire... c'est égal, c'est toujours une confidence assez peu agréable pour un mari; car, enfin, je ne demandais pas qu'elle m'aimât... mais apprendre ainsi, tout-à-coup... (Prenant son parti). Ah bah! après tout, c'est ce qui pouvait m'arriver de plus heureux. Emméline est sage, et puis elle a été parfaitement élevée... Ces bourgeois ont des principes! Allons, allons, ma bonne étoile me sourit encore une fois, et Ersilie règne toujours sans rivale.

SCÈNE XII.

OSWALD, PIERRE.

PIERRE.

Mylord, voilà le souper qu'on apporte. Faut-il prévenir milady? (Pierre est en jockei.)

OSWALD.

C'est inutile, nous ne souperons pas. (Il remonte regarder au fond.)

PIERRE, à part.

Comment! tout à l'heure il voulait... et maintenant il ne veut plus... Voilà un drôle de mariage!... Il y a déjà pas mal de temps que je suis dans la spécialité, mais je peux dire que je n'en ai jamais vu comme ça!

OSWALD, redescendant.

Pierre!

PIERRE.

Mylord?

OSWALD.

Le cheval est-il sellé?

PIERRE.

Il est prêt, mylord... et moi aussi... Si mylord veut me nfier la lettre...

OSWALD.

C'est inutile.

PIERRE.

Cependant...

OSWALD.

Vous restez ici.

PIERRE.

Comment cela?

OSWALD.

J'irai moi-même à la villa Formosa.

PIERRE, à part.

A cette heure, et un jour comme aujourd'hui! Allons, bon, c'est le bouquet!... Je vas ôter ma veste et ma casquette.

OSWALD.

Pierre!

PIERRE.

Mylord?

OSWALD.

Veillez à ce qu'on n'apporte pas la table ici; milady est retirée dans son appartement, le bruit pourrait la déranger.

PIERRE.

Oui, mylord (Il sort).

OSWALD, seul un instant.

Courons à nos plaisirs, soit!... Mais enfin, Emméline est ma femme, et c'est bien le moins que je m'occupe un peu de son bien-être et de sa tranquillité... Ce n'est pas sa faute si elle ne m'aime pas... De mon côté, d'ailleurs... (Les yeux fixés sur la porte d'Emméline.) Emméline!... Je ne l'avais jamais si bien regardée que tout à l'heure, quand elle me disait .... (S'interrompant brusquement.) Elle est très-jolie, ma femme! et bien certainement, si je n'allais pas ce soir chez Ersilie, j'irais lui faire un doigt de cour... pour me distraire... Un mari, ce serait drôle! (Un silence.) Pauvre petite femme!... elle est là... toute seule... elle doit être triste, abattue... elle souffre, j'en suis sûr! (On entend, à droite, dans la chambre d'Emméline une brillante ritournelle de piano.)

Qu'est-ce que c'est que ça? de la musique... à cette heure!... Que signifie?...

PIERRE, entrant. Il a ôté sa veste et sa casquette de jockey, il a un grand tablier comme les gens de service.

Quand mylord voudra partir... le cheval l'attend à la porte du pavillon du jardin.

OSWALD.

C'est bien, dans un instant.

PIERRE.

Ah! sapristi! j'ai chaud!

OSWALD.

Que veut dire ce costume?

PIERRE.

Oh! pardon! je supplie mylord de m'excuser; c'est que je viens d'aider miss Lucy et James, le petit domestique, à transporter le piano dans la chambre de milady.

OSWALD.

Le piano?

PIERRE.

Oui, mylord... par la porte qui donne sur l'escalier.

OSWALD.

C'est bien... laissez-moi.

PIERRE.

Et le cheval?... Il attend.

OSWALD.

Asseyez-vous près de lui, et tenez la bride.

PIERRE, à part.

A minuit!... voilà une occupation divertissante! (Il remonte.)

OSWALD.

Pierre!

PIERRE.

Mylord?

OSWALD.

Restez! (Pierre s'arrête au fond, près de la porte. Ecoutant à la porte de la chambre d'Emméline.) Mais, je ne me trompe pas... elle chante!... et avec un calme, une tranquillité!... Je n'en reviens pas!... c'est qu'elle a une voix charmante!... Mais quel caprice!... chanter au milieu de la nuit... Oh! il faut absolument que je sache... Pierre!...

PIERRE.

Mylord!

OSWALD.

Rentrez le cheval... je ne sortirai pas ce soir.

PIERRE

Comment, mylord?

OSWALD.

Vous m'avez entendu? (Il passe à gauche, dépose son chapeau, retire ses gants et son par dessus.)

PIERRE, à part.

J'ai cependant vu un ménage dans ce genre-là... à Marseille... C'était le neveu d'un sous-préfet, rue de la Petite-Douane, n° 4... 4, *Le chapeau du commissaire* comme on dit au loto... J'vas rentrer le cheval (Il sort.)

OSWALD.

Mais, à tout hasard, je ne risque rien d'envoyer toujours cette lettre... Pierre!

PIERRE, rentrant.

Mylord m'a appelé?

OSWALD.

J'ai changé d'idée.

PIERRE, à part.

Encore?

OSWALD.

Décidément, portez au plus vite cette lettre où je vous ai dit. (Il lui donne la lettre.)

PIERRE, à part.

Si je restais quinze jours ici, je deviendrais stupide!... Après-demain je me fais mettre à la porte! (Il sort.)

SCÈNE XIII.

OSWALD, puis EMMÉLINE,

OSWALD, se dirigeant vers la chambre d'Emméline.

Quand je songe que tout à l'heure elle m'avouait... et qu'à présent elle chante... je m'y perds!... (Voyant s'ouvrir la porte d'Emméline.) C'est elle!... (Il rentre vivement chez lui.)

EMMÉLINE, entrant vivement.

Personne! (Allant à gauche, 2e plan, regarder à la fenêtre.) Quel est ce bruit?... Au milieu de l'obscurité je ne distingue pas bien... c'est un cavalier, il me semble... il s'éloigne... Ah!... c'est lord Oswald!... Il se rend chez cette femme... Plus d'espoir! (Voyant lord Oswald, sortir de sa chambre.) Lui!

OSWALD.

Vous ici, madame... à un moment aussi avancé de la soirée?.. Je ne m'attendais pas...

EMMÉLINE.

Il est vrai, mylord; mais, il fait tellement chaud ce soir, et puis la journée a été si fatigante!... Je suis venue respirer un instant dans ce salon qui donne sur le jardin.

OSWALD.

Je suis loin de m'en plaindre, milady, puisque cela me procure le plaisir de vous voir une fois encore avant mon départ.

EMMÉLINE.

Ah ! vous partez ?

OSWALD.

Une de ces absences dont je vous ai parlé tantôt.

EMMÉLINE.

Ah ! oui... la chambre des lords.

OSWALD.

Une épigramme ?... Tenez, milady, permettez-moi à mon tour, puisque le hasard nous réunit de nouveau ce soir, permettez-moi, dis-je, d'imiter votre franchise.

EMMÉLINE.

Mylord...

OSWALD.

Oh ! ne craignez rien, milady... je n'aurai pas le mauvais goût de réveiller des souvenirs pénibles, et encore moins de vous faire des reproches que vous ne méritez pas.

EMMÉLINE.

Comment ?

OSWALD.

Sans doute, milady: notre mariage, vous le savez, était une dette qui grevait la succession de mon père... Pardon de me servir devant une femme de ces termes de procédure: mais ici ils peignent exactement la situation. Cette dette était doublement sacrée pour moi; c'était un hommage rendu à la mémoire de mon père, et un lien de plus à ajouter à la reconnaissance que j'avais pour M. Wilson. Le moment venu, je me hâtai de la solder, non pas, je l'avouerai, avec cette ivresse, cet amour effréné, apanage d'un cœur de vingt ans, neuf encore dans la vie, mais loyalement et en vrai gentilhomme.

EMMÉLINE.

C'est vrai, mylord.

OSWALD.

Je vous ai promis d'être franc, milady, je tiens ma promesse... J'espérais du moins, en vous donnant mon nom, que bientôt le calme et le bonheur du ménage chasseraient de mon existence ces habitudes de plaisirs mensongers, et ramèneraient mon cœur à des sentiments plus vrais et plus sincères.

EMMÉLINE, à part.

Que dit-il ? (Haut.) Quoi, mylord ?... (Elle fait un pas, puis s'arrête par confusion.)

OSWALD.

Oui, milady. Heureux de cette union, j'aurais pu un jour être fier de votre amour, et, qui sait ?... je n'aurais pas eu grand'peine peut-être à vous donner le mien.

EMMÉLINE.

Il se pourrait !

OSWALD.

Vous ne l'avez pas voulu. Le respect filial vous a faite lady Mountagne, mais, votre cœur a précieusement gardé le souvenir des premiers rêves d'Emméline... J'ai l'âme trop haut placée, milady, pour demander à la contrainte ce que l'affection seule doit offrir. Soyez donc satisfaite; vous êtes ici chez vous ; mes chevaux, mes équipages, ma fortune entière, tout est à votre disposition. Ma femme aux yeux du monde, vous serez toujours pour moi une sœur vénérée, et votre appartement, quand vous voudrez bien m'y recevoir, sera pour moi l'oasis où va se rafraîchir le voyageur accablé par le soleil du désert... Oh ! mais, pardon, pardon, milady, je tourne au romanesque... et pour un diplomate... Tenez, vous voilà toute triste, toute pensive... vous devez, du moins, être tout-à-fait rassurée, et vous m'accorderez bien, je l'espère, un peu de votre estime à défaut d'un amour que je ne sollicite plus.

(Il s'incline devant Emméline et se dirige vers la table, à gauche pour prendre son chapeau et ses gants. (A part.) C'est dommage ! (Musique en sourdine à l'orchestre.)

EMMÉLINE, à part.

C'est singulier !... le son de sa voix !... Il m'a semblé, par moments, qu'elle tremblait... et puis, tant de bienveillance, tant d'abnégation, quand il me croit coupable !... (Haut.) Mylord?

OSWALD, qui allait rentrer dans sa chambre.

Vous m'appelez, milady ?

EMMÉLINE.

Oui, je voulais vous dire...

OSWALD, se rapprochant d'elle lentement.

Quoi donc ?

EMMÉLINE.

Que je n'ai pas la force de continuer plus longtemps cette affreuse comédie.

OSWALD.

Une comédie ?

EMMÉLINE.

Qui m'a fait bien du mal !... Mais, cela va mieux. (regardant Oswald avec amour.) car, j'espère maintenant !

OSWALD.

Que dites-vous ?

EMMÉLINE.

Que je n'avais pas compris d'abord la gravité de l'aveu que je vous ai fait.

OSWALD.

Milady !...

EMMÉLINE.

Oh ! j'ai menti, mylord.

OSWALD, à part.

Je m'en doutais.

EMMÉLINE.

Oswald, j'ai menti !

OSWALD.

Bien vrai.

EMMÉLINE.

Oui... que voulez-vous?... une lettre...

OSWALD.

Une lettre ?

EMMÉLINE.

Qui vous accusait... un autre amour... que sais-je?... Tenez. (Elle lui donne une lettre.) Et moi, je vous aimais tant ! Oh ! j'étais folle !... mais, je puis vous le dire maintenant, je suis votre femme... je n'ai jamais aimé que vous !... Oh ! cette fois, je ne mens pas !... regardez..

OSWALD.

Emméline !.. (Il se jette à ses genoux.)

EMMÉLINE.

Vous !... vous à mes pieds !

OSWALD, se relevant.

Ma femme !... ma femme bien-aimée !... (Il lui embrasse les mains.)

EMMÉLINE.

Voyez cette lettre, mon ami... c'est ma justification.

OSWALD.

Que m'importe cette lettre !

EMMÉLINE.

Elle est de mistriss Davis.

OSWALD.

Cela me raccommode avec elle... Je lui devrai mon bonheur.

SCÈNE XIV.

LES MÊMES, PIERRE.

PIERRE, s'arrêtant au fond, et voyant Oswald donner le bras à sa femme, à part.

Bon ! le temps a encore changé !... Décidément, depuis que mylord s'est marié, on ne sait plus sur quoi compter avec lui !

OSWALD, à part.

Pierre ! je l'avais oublié ! (Allant à lui. Haut.) Que veux-tu ?... qui t'amène ?

PIERRE.

J'allais partir pour la villa Formosa, comme Mylord me l'avait ordonné...

OSWALD.

C'est bon !... je t'entendrai demain.

PIERRE.

Mylord m'excusera, mais c'est pressé, très-pressé... Lorsque le concierge de la villa lui même mit pied à terre à la porte du château... il apportait cette lettre pour mylord, et après me l'avoir remise il est reparti sans vouloir rien entendre !... Dieu ! qu'il y a des gens qui ont peu d'intelligence !... Ça me rappelle...

OSVALD, prenant la lettre.

Donne donc ! (Il lit.) En croirai-je mes yeux !... partie !... Ersilie a quitté Greenwich, pour retourner dans son pays natal. Partie !... au moment où j'allais... (Il déchire la lettre, et va prendre les deux mains d'Emméline. Musique en sourdine à l'orchestre.) Emméline, ma femme !... mon dernier, mon seul amour !...

EMMÉLINE.

Mon ami !...

OSWALD.

Pierre, faites servir le souper.

PIERRE, à part.

Hein !... (Haut.) Oui, mylord.

OSWALD.

Dans la chambre de milady.

PIERRE, à part.

A deux heures du matin ! Juste comme à la noce de mon oncle le pâtissier .. Allons, je ne dormirai pas de la nuit. (Regardant Oswald, qui, ayant offert son bras à Emméline, se dirige vers la droite.) Bah ! je ne serai pas le seul ! (Il sort par le fond.)

FIN

Paris. — Imprimerie Poitevin, rue Damiette, 2 et 4.

PARIS. — IMPRIMERIE POITEVIN, 2 ET 4, RUE DAMIETTE.

www.ingramcontent.com/pod-product-compliance
Ingram Content Group UK Ltd.
Pitfield, Milton Keynes, MK11 3LW, UK
UKHW020950220726
13924UKWH00002B/607

9 782019 279936